아지뮤탈
AZIMUTHAL

가브리엘 안토니 로페즈

문의 및 도서 주문은 다음 주소로 보내주십시오:

Great Writers Media
이메일: info@greatwritersmedia.com
전화: 877-556-0487

ISBN: 979-8-89175-025-8 (소프트 커버)
ISBN: 979-8-89175-026-5 (전자책)

이 책은 나의 사랑스럽고 배려심 깊은 어머니에게 바칩니다.

어머니가 세상에서 가장 좋았다. 나의 수영팀 경기, 보이 스카우트, 학문 행사에 참석한 그 시절을 항상 기억하겠다. 어머니의 재치와 세계의 사건들에 대한 주의를 항상 기억하겠다. 어머니로서 그녀는 하나님의 가장 뛰어난 선물 중 하나였다. 어머니는 나를 가장 좋은 학교에 다니게 하려고 했고, 어머니의 고향에서 왔다는 점과 비용을 생각하지 않고서도 그런 선택을 항상 했다. 어머니는 항상 나를 위해 최고의 세상을 바랐다.

지노는 지구가 지나가는 것을 바라보았다. 지구는 언제나처럼 보였지만 태평양에서의 일부 사이클론 활동을 빼고는 그랬다. 그의 아빠 크레브는 감시 스테이션에서 방금 들어왔고 침실로 들어갔다. 2350년이었고, 지노는 어떻게든 그의 아빠가 이 지구에 관한 미션에서 중요한 역할을 하고 있다는 것을 알고 있었다. 지노는 이그나시오가 그 동안 머무르고 있던 달 기지에 전화를 걸었다. "여보세요," 그가 말했다. "달 기지는 이상 없어?"

"응," 이그나시오가 말했다. "달 기지는 정상이야."

"괜찮다는 것 외에 어떤 일이 있었어?" 지노가 물었다.

"음, 음식이 어느 시점에서부터 조금 줄어들기 시작했어," 이그나시오가 대답했다.

지노는 지구 스테이션의 안티그라비티 발생기가 고갈되기 시작한 것을 알고 중력 부츠를 신었다. 그는 긴 복도를 조심스럽게 따라 음식 자판기로 향했다. 지노는 자신의 아빠 크레브와 지구 지질 지리학을 위한 행성 방어가 무엇을 얘기하고 있는지 계속 궁금해했다. 지구에서는 한동안 지진 활동이 없었으며 그들은 행성으로의 미션을 수행하고 달 기지도 그랬다. 지노는 지구 시간으로 23세이었지만 최근에는 잠을 잘 수 없었다. 밤중에 어떤 것을 잊은 것처럼 계속해서 깨어나고 있었다. 지노는 화면을 올려다보고 그것을 터치했다. 이그나시오가 나타났다. 그는 얼굴을 면도하고 있었다. 지노는 반쯤 먹은 음식을 쓰레기통에 넣었다. "지금까지 달 기지는 좀 더 잘할 수 있을 것 같아," 이그나시오가 냉소적으로 말했다. "오늘은 면도를 해야 했어." "아, 알겠어," 지노가 말했다. 이그나시오는 멕

시코 출신이었지만 지구에서 백 년이 넘도록 지진, 지질학적 대재앙 이후에 그 나라는 특히 지노가 왔던 미국과 같은 아메리카의 나머지 부분과 연합했다. 지노는 식당을 걸어가면서 바닥에 놓인 오래된 나사 스티커와 패치를 발견했다. 그것도 대재앙 이후에 바뀌었다. 샌 안드레아스 단층선은 마침내 붕괴되고 캘리포니아의 주요 인구가 줄었다. 옐로우스톤 분출이 발생한 후에는 행성은 지진 활동을 더 이상 경험하지 않았다. 이그나시오는 항상 장난꾸러기였다. 그는 아마도 누군가에게 그것들을 거기에 놓도록 돈을 지불한 것일 것이다. 지노는 대재앙을 기억하고 싶지 않았지만, 지구 주위를 도는 지구 스테이션과 달 위의 달 기지를 포함한 그 이후의 행성 연합을 알고 있었다. "우리의 조용한 대화에도 불구하고, 우리는 여전히 친구일 것을 바랍니다, 지노," 이그나시오가 말했다.

"응, 우리는 그렇다," 지노가 말했다. "학교와 행성 유인 후로 말이야."

지노는 한 번 칼 융이 쓴 꿈에 관한 책을 읽은 적이 있었다.

이그나시오가 황홀한 꿈을 꾸는 것이 좋은 일인지 나쁜 일인지 확신이 없었다.

"이 꿈들에 대해 어떻게 생각해?" 지노가 물었다.

"처음에는 편안한데, 그런 다음에는 무서워지지," 이그나시오가 대답했다.

"무엇을 무서워하니?" 지노가 물었다. "미래, 물론이지," 이그나시오가 대답했다.

이그나시오는 화면을 끄고 지노에게 좋은 낮과 안녕을 고하며 다시 연락할 때까지 잘자라고 말했다. 지노는 다시 중력 부츠를 만졌다.

그는 자신의 침실로 돌아갔다. 그는 아빠 크레브가 무엇을 하고 있는지 궁금해했다.

침실로 들어가자마자 다시 중력 부츠를 벗고 떠내려가기 시작했다.

식사를 한 후에 피곤했다. 그의 아빠는 아직 방 안에 있었으며, 그는 어떤 문서와 컴퓨터 패드를 찾아보는 소리를 희미하게 들었다.

지노가 침대에 누웠을 때, 이그나시오가 꿈에 대해 어떻게 얘기하는지 궁금할 수밖에 없었다. 아마도 그도 몇 가지 황홀한 꿈을 꿀 것 같았다.

다음 날, 크레브가 지노를 깨웠다. 지질 지리학 및 지리학 행성 방어는 회의를 가졌다. 소식은 좋지 않았다. 지진 활동이 증가하여 지구의 정치적 상황이 붕괴했다. 비밀 광산 작업이 문제의 주범이었다. 크레브는 지구를 다시 안정적으로 만들기 위해 무엇을 할 수 있는지, 무엇이든지 보기 위해 화성 기지에 경보를 보냈다. 그리고 거기에는 카쿠로가 있었다. 카쿠로는 지노의 친구였고, 학교와 지구 지질 지리학 행성 방어에 들어가면서도 지노와 친구였다. "일어나," 크레브가 말했다. "안 돼," 지노가 말했다. "내가 방금 꿈을 꾸었어. 화성에 있던 시점에요." "화성이 테라포밍되기 전에!" 크레브가 말했다. "넌 뭔가 보고 있어. 그게 거의 100년 전에 일어났어. 자, 네게 보여줘야 할 게 있어, 지노." 지노의 아빠는 언제나 그에게 미스터리했다. 그의 임무도 그에게 미스터리였다. 지노는 때때로 자신이 '보호받다'는 고대의 인간 말을 느낄 때도 있었다. 크레브는 자신의 실제 임무를 절대로 알려주지 않았다. "어디로 가?" 지노가 물었다. "너가 보게 될 거야!" 크레브가 대답했다. 그들은 중력 부츠를 챙겼다. 중력 발생기는 아직 다시 온라인 상태가 아니었다. 크레브는 열정적인 듯했지만 왜일까? 지노는 더욱 더 궁금해했다. 아마도 그가 드디어 지구 지질 지리학 행성 방어의 임무에 대한 비밀을 알려주려는 것일까? 크레브와 지노는 별자리 지도라고 불리는 곳으로 걸어갔다. 크레브는 지구 기지의 별자리 지드 콘솔 위로 손을 스캔했다. 그 순간, 방 안이 어두워지고 지노는 별들로 둘러싸였으며 그 중심에는 태양계가 있었다. 지노는 아빠의 표정을 읽으려고 노력했지만 실패했다. 그것은 슬픔과 직설성의 혼합물이었으며 마치 무언가를 말하려고 하는 것처럼 보였다.

"지노, 너는 어떤 순간 자신이 무언가를 위해 태어났다고 느낀 적이 있니? 아마 자신 이상의 것이라든가?" 크레브가 물었다.

"아무렇지도 않아," 지노가 대답했다.

"오늘 지구에서 지진 활동이 시작됐어," 크레브가 말했다.

지노는 지구가 데이터 신호를 보여주었기 때문에 이 사실을 인정했다. 그는 지구의 홀로그래픽 이미지를 터치하고, 지구에서 발생한 최근 지진 지점들이 모두 연결되는 것을 볼 수 있었다. "너무 많아," 그는 스스로 중얼거렸다.

크레브는 지구 기지를 두 번 터치하자, 지노는 이온 드라이브가 아닌 태양계를 날아다니는 듯한 느낌을 받았다. 홀로그래픽 시연은 갑자기 주피터에서 멈췄다.

지노는 주피터에는 주피터 스테이션이라고 불리는 스테이션이 있다는 것을 알고 있었지만, 그 뒤에는 위험이 있다는 것도 알고 있었다. 그럼에도 불구하고 왜 그의 아빠가 이것을 보여주려 하는 걸까?

"왜 주피터 스테이션인가?" 지노가 물었다.

"음, 지구에서 지진 활동이 시작되었고, 주피터 스테이션에서 해답을 찾을 수 있다고 생각해," 크레브가 대답했다.

지노는 태양계 전역의 스테이션으로의 행성 유인을 통해 얻은 지식으로, 스테이션들이 데이터뿐만 아니라 지구의 미래 비밀에 대한 답을 모으고 있다는 것을 알았다. 이 비밀은 주피터 주위의 위성들에서만 발견될 수 있는 지질 치유 과정인 것 같았다.

"지질 지리학 행성 방어가 너를 주피터 스테이션으로 파견할 것 같아," 크레브가 윙크와 함께 말했다.

"다 이 시간이 지나서요? 아빠, 모든 게 괜찮아요?" 지노가 물었다.

지노는 이를 누군가에게 알려줘야 했다. 아마도 카쿠로, 그의 친구 중 한 명에게 말해야 했다. 그러나 이미 카쿠로는 그의 아빠가 만든 위험에서 도망가려고 했고, 모든 인간처럼 지노에게는 의무가 있었지만, 그는 단 23세에 불과했다. 지노는 이 제안에 물리적으로 움찔했다. 크레브는 이 모든 것에 동의하지 않을 것이다.

"지노," 그의 아빠 크레브가 말했다. "너는 첫 번째로 화성 기지로, 그리고 주피터 스테이션으로 가게 될 거야."

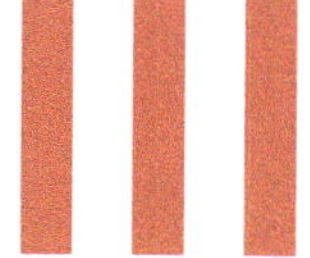

노는 이온 원동력 우주선에 탑승했다. 그는 손에 컴퓨터 패드를 들고 있었고, 컴퓨터 패드에는 카쿠로의 홀로그래픽 이미지가 나타났다. 지노는 이온 우주선의 수면 챔버를 좋아하지 않았다. 여정은 한 달 동안만 계속될 것이었다. 거기에는 진짜 적이 있는 소문이 있었고, 사람들이 초능력 수면 챔버에서 죽는 소문이 있었다. 지질 지리학 행성 방어의 규칙은 모든 승객이 자기 수면 중에 꿈을 통해 통신하도록 하는 것이었다. 지노는 천천히 지구 스테이션의 궤도에서 나왔다. 그는 대사 과정을 늦추고 뇌를 돕기 위한 엘릭서를 복용했다. 지노는 우주선에 점점 가까워짐에 따라 불안해졌다. 카쿠로는 여행이 시작되기 전에 컴퓨터를 통해 전화를 걸고 있었다. 지노는 컴퓨터 패드를 터치했다. "긴 낮잠 준비됐어?" 카쿠로가 물었다. "음, 아마," 지노가 대답했다. "여정 전에 우주선을 점검하고 다시 점검하는 과정을 거쳐야 해. 이미 엘릭서를 복용했어. 지구 스테이션 바깥의 궤도 중 하나에 있어." "알겠어," 카쿠로가 말했다. 지노는 불안했다. 궤도를 따라 걸어가면서 중력 부츠를 풀고 우주선과의 도킹 지점으로 떠 났다. 그는 자신의 배지를 삽입했다. 갑자기 궤도가 그노를 우주선으로 들어가게 하지 않았다. "잠금, 시작됨," 컴퓨터가 말했다. 지노는 왜 잠금이 시작된 것인지 궁금해하고 있었다. 지노는 패닉에 빠졌다. 밖은 빛나는 지구의 구체였고, 지노가 공간의 추위에서 분리되는 궤도 유리를 통해 바라볼 때, 지구 스테이션에서 지구로 향하는 우주선들이 배치되어 있었다. 지구 스테이션은 최근의 지진과 지질학적 발전으로 인해 무거운 상태로 보였다.

"우주선이 배치 중," 컴퓨터가 말했다.

지노는 다시 패닉에 빠질 뻔했지만 컴퓨터를 주의 깊게 듣기 시작했다. 그는 컴퓨터 패드를 집어 들었다. 화성으로의 여정이 시작되기 전에 약 한 시간이 남았다. 지노는 컴퓨터 패드를 읽기 시작했다. 배들은 남반구로 배치되고 있었다. 남극은 화산 활동을 겪고 있었다. 대부분의 인간들은 지구 주위의 지구 스테이션과 달 위의 달 기지에서 생활하는 것의 위험을 이해하고 있었지만, 약 250년의 우주 비행과 과학의 발전 후에도 여전히 야생적인 도박이었다. 지노는 다시 컴퓨터 패드를 살펴보았다. 카쿠로가 전화하고 있었다. 지노는 컴퓨터 패드를 터치했다. "무슨 일이 일어났어?" 카쿠로가 물었다. "우주선이 지구로 향하는 중이야," 지노가 대답했다. "왜?" 카쿠로가 물었다. "남극에서 지진과 화산 활동이 있어," 지노가 대답했다. "지구 스테이션에서 내 발사를 중지했어. 바라건대, 나는 우주선에 연결되지 않거나 급성 장애물을 겪지 않길 바라." "나도 그러기를 바랄게," 카쿠로가 말했다. 시간만이 패닉에 빠진 지노에게 어떤 일이 벌어질지 말해줄 것이다. 지구는 행성 방어 시험에서 실패하고 불안정하다는 것을 보여주고 있었다. 지노는 여전히 아빠 크레브의 반응을 이해하지 못했다. 왜 갑자기 우주선 여정에 내보내려는 것일까? 크레브가 그에게 어떻게 지구를 구하도록 원하는 것일까? 그는 지구를 위해 지구 지질 지리학 행성 방어가 계획한 대규모 플롯을 알아가기 시작했지만, 그것은 어떤 방식으로 그를 포함한 것이었다.

IV

지노는 계속해서 패닉에 빠졌다. 엘릭서가 그의 신체 시스템을 점령하기 시작했다. 그는 궤도를 달리기 시작했다. 의료 궤도에 도착해야 했다. 무슨 일이 일어나고 있는 거지? 그는 생각했다. 지구로 너무 많은 우주선을 보냈어. 그럼에도 불구하고, 화성으로 가는 데 도움을 주려던 엘릭서가 그의 신체 시스템에 역효과를 일으켜서는 안 됐다. 지노는 다시 컴퓨터 패드를 터치했다. 실패했다. 카쿠로의 이미지가 나타나지 않았다. 지노가 궤도의 끝에 도달했을 때, 그는 배지로 다른 컴퓨터 패드를 터치했다. 그는 아빠와 연락을 해야 했다. "크레브 오스트 어디야?" 지노가 물었다. 지구 스테이션 데이터를 스캔하기 시작하자 컴퓨터가 켜졌다. "크레브 오스트는 과학 궤도에 위치해 있다," 지구 스테이션 컴퓨터가 말했다. 지노는 눈을 깜박이며 놀랐다. 그가 무슨 일을 하고 있는 건지 몰랐다. 그런데 무슨 일이 일어나고 있는 걸까? 지구로 너무 많은 우주선을 발사했다. 지구가 붕괴하고 있는 걸까? 지노의 얼굴에 땀이 떨어지기 시작했다. 그는 여전히 의료 궤도에 도달하고 다시 발사 및 드킹 궤도로 돌아가야 했다. 아빠에게 화성으로 발사하도록 경고하러 과학 궤도에 도달할 수 있을까?

모든 게 너무 빨리 움직이고 있었다. 컴퓨터는 그를 지구 스테이션의 주요 부분으로 안내했다. 지노는 달려갔다. 지노는 누군가 함께 있기를 원했다. 그는 복부를 쥐었다. 구토하기 시작했다. 그는 컴퓨터 패드를 스테이션 바닥에 떨어뜨렸다. 그는 의료 궤도에 도달해야 했다. 이그나시오와 카쿠로 어디에 있을까? 그는 생각했다. 지노는 계속해서 달렸다. 엘릭서는 계속해서 역효과를 일으키고 입에서 거품이 나기 시작했다. 지노가 달리면서, 두 번째 시야와 터널 시야가 생기

기 시작했다. 그는 거의 아무것도 보지 못했다. 지노는 얼마나 많은 시간이 지났는지 또는 누가 그의 배지를 가져갔는지 모르지만, 나중에 그는 인공 지능 의사와 간호사들에게서 숨을 죽이고 메드 궤도 바닥에 누워 있는 자신을 발견했다. "모든 게 괜찮아요?" 하나의 AI 의사가 물었다. "아니요," 지노는 한꺼번에 지저귀고 중얼거렸다. "화성으로 자러 가기 위한 엘릭서의 부작용을 상쇄하기 위한 주사 몇 개가 필요해," 지노가 명령했다. "알겠다," 인공 지능 간호사와 의사들이 말했다. "하지만 먼저 몸을 스캔해야 해." "좋아요. 하지만 서둘러주세요," 지노가 말했다. 지노는 즉시 의약품 탁에 올라가게 됐다. 몸 스캔이 시작되었다. 약 1분 동안 스캔이 진행되었고, AI 의사와 간호사들은 동시에 "클리어!"라고 외쳤다. "이제 화성으로 자러 가기 위한 엘릭서의 부작용을 상쇄하기 위한 혈청을 투여해." 하나의 AI 의사가 말했다. 의사와 간호사들이 혈청을 투여하자, 지노는 즉시 아빠가 어디 있는지 궁금해지기 시작했다. 혈청이 완전히 작용하기까지 얼마나 걸릴까? 지노는 처음 사용한 컴퓨터 패드를 잃어버렸기 때문에 대신 메드 궤도에서 컴퓨터 패드를 찾아내려 했다. 그는 나쁜 환자가 되고 있었지만 컴퓨터를 찾았다. 그는 패드에 말했다. "크레브 오스트를 찾아주세요." "그는 3층의 과학 궤도에 있다," 컴퓨터가 말했다. 왜 그는 이미 열 둘 이상의 우주선이 이미 지구로 발사된 것에 주목하지 않았을까? 그는 무슨 일을 하려고 하는 걸까? 그는 생각했다. 지노는 아빠가 실험을 하고 있는지, 그리고 몇몇 엘릭서가 그에게 역효과를 일으키는 것을 알고 있는지 알아야 했다.

V

지노는 메드 궤도에서 나왔다. 그는 아빠를 찾아 나섰다. 혈청은 여전히 그의 체계와 혈액을 흐르고 있었다. 과학 궤도는 지구 스테이션의 반대편에 위치해 있었다. 그는 스테이션의 복도를 비틀거리며 지구 스테이션에서 일어나는 지질학을 조절하려고 필사적으로 노력하는 모니터링 스테이션에 있는 다른 인원을 확인할 수 있을지 살펴보았다. 마지막으로 지노는 피난과 모니터링 스테이션에서 멀리 떨어진 쓸쓸한 모니터링 스테이션으로 향했다. 그곳에 무릎을 굽힌 누군가를 발견했다. 지노가 그 사람에 손을 대었다. 그 사람이 눈을 떴을 때, 그것은 그의 아빠인 크레브였다. ”지노,” 그가 말했다. ”어떻게 여기까지 왔어?” 지노는 메드 궤도에서의 경험에 대해 아빠에게 말하려는 것을 꺼렸다. 그러나 그의 아빠가 엘릭서의 부작용을 상쇄하기 위해 필요한 혈청을 필요로 한다는 것을 알 수 있었다. 왜 피난민 중 일부 사람들에게는 작용하지 않고, 아마도 어떤 사람들은 죽이는 것일까? 그의 아빠는 고통스러웠다. 그래서 지노는 하나의 AI 의사와 간호사로부터 훔친 주사기를 주사했다. 크레브는 한숨을 내쉬었다. ”아빠, 괜찮아요?” 지노는 공포에 떨며 물었다. ”괜찮아요?” ”응, 괜찮아. 주사해 줘서 고마워,” 그의 아빠가 말했다.

　　아빠의 고통은 엘릭서를 투여함으로써 점차 가라앉고 있었다. 그의 아빠의 손은 여전히 무언가를 지키고 있는 듯했다. 숨겨진 정보가 담긴 마이크로칩이 있었을까? 지노는 알 수 없었지만 곧 알게 될 것이다. "지노," 크레브가 말했다. "누군가가 지질학 및 지리 방어를 파괴하려고 하는 것 같아. 그러나 우리가 친구인지 적인지 확인하려고 하던 신호는 우주 공간에 있었다. 화성 기지로 가야 하며 거기서 주피터와 토성 기지로 가야 해. 지구가 긴급 신호를 보냈을 때 어떤 일이 일어나고 있는지 함장은 모르고 있었어. 지구에 지진 장소에 필요한 지질학적 치유 과정을 돕기 위해 우주선 함대를 발사했어." 지노는 그의 아빠가 무슨 말을 하는지 궁금해졌다. 어떤 의미에서 함장은 우주선을 발사할 때 무슨 일이 일어나고 있는지 모르고 있었을까? 그는 여전히 살아 있을까? 그의 아빠는 주식과 지리 학 방어 기관의 설립 이래로 볼 수 없던 희귀한 화산 활동으로 북반구의 대도시가 휩쓸리는 모습이 있는 지도를 보았다. 그러나 지노는 아빠로부터 더 많은 정보를 얻고 싶었지만, 지구 스테이션은 지구 주위의 궤도를 유지하기에는 인원이 부족해지기 시작했다. 그것은 지구 대기권에서 궤도를 붕괴하고 붕괴시키기 전에 시간 문제였다. 지노는 아빠의 팔을 잡았다.

"아빠, 빨리 가요," 지노가 말했다.

"기다려! 네게 주고 싶은 게 있어," 크레브가 말했다.

지노는 그의 아빠를 바라봤다. 아빠는 건강하지 않아 보였다. 그가 무슨 말을 하려고 하는 걸까? 가장 가까운 발사 궤도에 도달할 수 있을까?

"내 손을 열어보려 해," 지노가 말했다.

지노는 그의 아빠가 죽을 수도 있다는 생각에 믿을 수 없었다. 그런데 왜? 지노는 아빠에 대한 분노가 가득 차 있지 않았다. 아빠는 언제나 지구 스테이션에서의 모든 노력과 지구 스테이션의 일에 최선을 다할 것을 알고 있었다. 지노는 아빠의 손을 열어보았다. 그 손 안에는 분류된 사진에서 본 적이 없는 몇 개의 마이크로칩이 들어 있었다. 아빠가 무슨 말을 하려고 하는 걸까?

"나와 다른 선원들은 지구와 지구 스테이션에 대한 어떤 종류의 파괴 작전이 있었다고 믿고 있어," 크레브가 말했다. "화성과 달 기지는 지구의 상황과는 무관했어. 이미 수백만 명의 사람들이 이 하나의 사건에서 죽었어. 지노는 주위를 둘러보았다. 그는 스스로에게 말했다. "화성 기지로 가는 여정을 위해 발사 궤도로 돌아가야 해."

VI

지노는 최근 발사 궤도로 달려갔다. 지노는 이미 그의 아빠가 이미 죽었다는 것을 알고 있었다. 그는 아빠를 구할 수 있는 방법은 없었다. 그에게는 살아남기만 하면 되는 것이었다. 지노는 지구 스테이션의 궤도가 붕괴되고 있다는 것을 느낄 수 있었다. 지노는 우주선 안에 몸을 묶었고 화성 기지로의 좌표를 입력했다.

우주선이 화성 기지로 발사되었고, 이온 구체가 선에 둘러싸이기 시작했다. 이것은 태양의 태양풍에 반짝였다. 지노는 화면을 어둡게 하고 이온 수면을 준비했다. 일찍 또는 늦게, 그는 지구의 궤도에 돌아가서 지구와 지구 스테이션, 그리고 이그나시오에 대한 일이 무엇이 있었는지 알게 될 것이다. 그의 마지막 생각은 그의 아빠와 지구를 지질적인 파멸에서 구하려는 지질 지리 방어 계획의 토막을 어떻게든 구하려고 하는 것이었다.

지노가 깨어났을 때, 우주선은 이미 화성 궤도에 있었다. 지노는 주위를 둘러보았다. 지구 스테이션에서 AI 로봇들로부터 받은 좋은 엘릭서 중 일부로 그의 입에서 거품이 나왔다. 상황은 순간마다 더 복잡해지고 있었다. 엘릭서는 지구의 지질적 재앙 이후로 태양계 전체를 횡단하는 일부였다. 그것은 그의 효능을 잃어가고 있는 것 같았거나 무엇인가였다. 지구 스테이션 궤도가 지구 주위에서 붕괴되고 통신이 차단되기 전, 지노는 태양계를 횡단하는 인터스텔라 여행을 위한 계획 중인 오르트 클라우드 전역의 모든 인간들이 어떻게 되고 있는지 궁금해하고 있었다. 그러한 기지들은 태양계를 통과하는 인터스텔라 여행을 위한 준비였다.

갑자기 카쿠로의 이미지가 화면에 나타났다. 카쿠로는 지노의 화성 주위 도착을 이끈 사건에 대한 이전 사건을 전혀 알지 못했다. 카쿠로는 재안이 무엇을 의미하는지 모르는, 대신에 그가 화성 주위를 도는 것을 깨어난 것이라고 설명했다.

"안녕," 그가 말했다. "어제 밤에 이 엘릭서로 소행성 대장벽으로 재미있는 여행 중 하려고 했지만 대신에 화성 주위에서 깨어났어."

카쿠로는 땀을 흘렸다. 그는 그의 꿈을 지노에게 설명했다. 그것은 지구를 통과하는 상어에 의해 바다의 유로파 달을 통과하는 쥬세두고에 의해 공격받는 붕어 물고기의 꿈이었다. 지노는 혼란스러웠다. 그는 그 의미를 이해하지 못했다. 그는 카쿠로의 엘릭서에 대한 일이 무엇이 일어나고 있는지에 더 큰 관심을 가지고 있었다. 지노는 화성 기지에서 일어나는 일을 모르는 것 같았다. 모든 것은 알려진 우주선들이 기지를 떠나는 것처럼 안정되어 보였다. 그는 그의 친구를 더욱 걱정하고 있었다.

VII

지노는 지구 기지에서 우주선에 탑승한 채로 붕괴 고도로 진입하기 시작했을 때였다. 지노는 카쿠로를 위해 너무 미안하게 느꼈다. 그의 어린 시절의 모든 기억이 지노 앞에 번쩍였다. 카쿠로는 땀을 흘렸다.

"오 마이 갓," 그가 말했다. "나 죽을 것 같아."

"참아봐," 지노가 말했다. "우주선을 붕괴하는 궤도에서 빼내려고 노력하고 있어."

그는 적도 궤도가 아닌 화성의 극 지점에 대한 좌표를 입력했다. 그는 어떻게든 카쿠로와 이그나시오를 구해야 했다. 그의 아빠는 이미 죽었고, 이제 지구 기지는 지구 대기 중에서 붕괴되었다. 지질 지리학을 위한 행성 방위의 지구를 구하려는 전체 계획은 누구에 의해 방해되고 있었을까? 지노는 이미 화성에 있었다. 우주로 이주를 시작한 인류의 외부 집단은 지구, 달, 그리고 이제 화성에 무슨 일이 일어났는지 알고 있을까?

"카쿠로, 기분 어때?" 지노가 물었다.

"참으로 끔찍하다," 카쿠로가 숨을 헐떡이며 말했다.

"네 안의 혈청을 견디기 살 수 있는 새로운 화학 방정식을 보내줄게."

지노는 손가락을 교차시켰다. 가장 가까운 컴퓨터 패드를 터치하고 우주와 태양계의 모든 소음을 통과하도록 카쿠로에게 더 강력한 통신 신호를 보냈다.

"수신됐다," 지노의 우주선의 컴퓨터가 말했다.

카쿠로의 신호가 조금씩 분해되기 시작했지만 숨소리는 느려졌다. 그때쯤에는 지노의 우주선은 화성 주위의 안정된 궤도에 확실히 머물고 있었다. 그런데 그가 겪고 있는 방해는 어떻게 됐을까? 그는 이그나시오를 구할 수 없었지만 달의 어두운 면에 있었다. 지노는 이그나시오의 몸 안의 혈정이 역효과를 일으키지 않기를 기도했다. 그것이 지구에서 달로의 여정을 짧게 만들어준 혈청이었다. 지노는 카쿠로가 살아 있는지에 대한 답변을 기다렸다. 카쿠로는 살아 있을까?

지노의 우주선은 마치 화성에서 태양계의 외곽 부분으로 슬링샷을 하려고 하는 것처럼 빠르게 공전하고 있었다. 컴퓨터가 시작되고 지노에게 경고를 시작했다. 지노는 우주선에서 통신 신호를 계속해서 보냈다. 그러나 카쿠로는 응답하지 않았다. 대신, 화성 의료 기지가 응답했다. 그의 우주선 화면에 빠르게 지나가는 이미지들이 있었다. 화성 기지가 왜 이렇게 혼란스러워졌을까? 그 엘릭서는 긴 여정 후에 지구로 돌아가지 못하게 하는 것이었는데 완전히 역효과를 일으켰다. 지노는 혼란스럽고 아빠가 그에게 준 마이크로칩을 찾아 헤매었다. 그는 이제 화성 기지의 혼란스러운 이미지들이 그의 화면에 표시되고 있으므로 지구 궤도에서 주피터 스테이션에 가야 했다.

카쿠로에게 무슨 일이 일어났을까? 지노는 카쿠로를 찾기 위해 행성 탐색을 요청했다. 그들은 또한 배지를 가지고 있었으며, 어떤 우주선에서도 혈청을 감지할 수 있었다. 컴퓨터는 카쿠로가 화성의 혼돈에서 희생자였음을 확인했다. 지노는 울기 시작했다.

"나는 주피터에 가야 해," 지노는 생각했다.

그들 주위의 위성들은 여전히 지구에 무슨 일이 일어나고 있고, 왜 방해가 시작되고 있으며 왜 그의 많은 친구들이 죽거나 죽은 것으로 여겨지는지 알려줄 데이터를 가지고 있었다. 너무 많은 질문이 있었다. 태양계의 외곽에 있는 인류의 우주선은 여전히 살아 있을까? 지노의 우주선은 화성 주위의 궤도에서 가속되어 가고 있었는데, 그는 더 이상 버틸 수 없다고 느끼기 시작했다. 쓰러지기 시작하는 순간, 그는 마지막 통신을 보냈다. 이번에는 태양계 전체로 확산되는 것이었다.

VIII

지노는 이른바 지구 기지에서 들어온 암호화된 마이크로칩 또는 지구 기지에서 들린 소문과 이그나시오와의 대화에서만 들어본 외계 동물들에 관한 몽환의 꿈에서 깨어나려고 노력했다. 눈을 열려고 노력할 때마다 무의식적으로 의식을 잃었지만 여전히 숨쉬고 있었다. 지노는 여전히 우주선 안에 있었고, 어떻게든 자신이 숨을 쉴 수 있도록 사용할 수 있는 산소 패치가 달린 의료 키트를 만져보았다.

몇 시간 후, 그는 주피터 스테이션에 도착한 자신을 발견했다. 그의 우주선 안에서는 기이하게 조용했다. 지노가 눈을 떴을 때, 그의 조종사와 컴퓨터 콘솔이 엉망으로 섞여 있었다. 통신 장치에서는 불어오는 소리가 들렸다. 그는 왼쪽을 보았고, 우주선이 완전히 도킹되어 있음을 알아차렸기 때문에 그의 우주선의 협소한 공간을 떠나려고 했다. 그에게 할 일은 주피터 스테이션의 문을 열기만 하는 것이었고, 그는 그것을 했다. 지노는 주피터 스테이션에서 나오는 터널 안에서 똑바로 서 있었다. 그의 다리는 화성 궤도에서의 급격한 이탈과 소행성 대장오를 피해 움직이는 동안 흔들리고 있었다. 그는 자신이 개인적으로 경험한 생명의 손실, 또한 지구에서의 생명의 손실에 대해 생각하려고 노력했다. 지노는 자신의 삶에서 한 번도 외로움을 느낀 적이 없었다.

그는 통신 배지에 손가락을 대었다. 이그나시오에게 연락하려고 시도했지만, 그저 같은 노이즈와 약간의 정적 소리만이 들렸다. 지노는 주피터 스테이션에 무엇이 있는지 알고 있었다. 그는 달 기지에서 가져온 마이크로칩, 화성에서 얻은 정보, 그리고 자신의 지식과 훈련을 가지고 있었다. 그는 주피터 스테이션에 누구라도 있는지 알아내야 했다. 그는 손가락을 문 열쇠에 대었다. 문이 열리자 그곳은 그의 우주선과 마찬가지로 기이하게 조용했다. 그는 복도를 거닐기 시작하고 비상 조명이 달린 콘솔을 발견했다. 그것을 훑어보았지만 여기에는 데이터를 보내고 지구를 일시적으로 치유하기 위해 지질 행성 방위 시스템을 재보정하는 데 도움이 되는 비디오 녹화가 있었다.

지노는 지구 지질 방위에 너무 열중해 있었다. 그는 주피터 스테이션이 지구로부터 대피민들을 준비하고 있다는 소문을 들었지만, 왜 지구가 그토록 갑자기 지질적 안정성을 잃었는지는 어째서일까? 사실, 지구가 처한 심각한 상황을 인간들이 이해하기 어려워졌지만, 그들은 최선을 다하고 있었다.

그때까지 지노는 지구 내에서의 팩션으로부터의 침입자가 있을 경우를 대비해 이온 건을 가지고 있었다. 지노가 총을 들고 양손으로 감싸면서 긴장이 고조되었다. 주피터 스테이션에서 문내가 시작된 곳일까? 여기 있는 사람들은 현재 지구를 임시로 치유하기 위해 지질 행성 방위 시스템을 재보정하고 데이터를 보내야 했다. 지노는 지구의 지질 방위에 너무 열중한 것 같았다. 그는 주피터 스테이션이 지구로부터 대피민을 준비하고 있다는 소문을 들었지만, 왜 지구가 그토록 갑자기 지질적 안정성을 잃었는지는 어째서일까? 사실, 지구가 처한 심각한 상황을 인간들이 이해하기 어려워졌지만, 그들은 최선을 다하고 있었다.

지노는 마침내 주피터 스테이션의 주임 과학 관리자 데크에 도착했다. 데크는 크고 넓었다. 홀로그래픽 이미지가 있는 시각화 스크린이 있었는데, 화성과 지구가 화면 양쪽에 회전하는 모습이 보였다. 어떤 이유로든 모든 통신과 작전 데이터가 주피터 스테이션으로 전송되지 않았다. 지노는 모든 콘솔에 다가갔는데, 여기에는 장교, 민간인 및 신병이 자리를 지켜야 했던 곳이었다. 지노는 땀을 흘렸다. 아무에게나 이야기하고 싶었다. 아무도 거기 있을까? 지노는 마침내 하나의 콘솔에 다가갔고, 콘솔에서 활성화할 수 있는 통신 배지가 있었다. 그는 배지를 콘솔에 대고 눌러 활성화했다. 배지를 통해 들어오는 소리는 오직 공포스러운 비명뿐이었다. 지노는 주피터 스테이션의 사람들이 대피하거나 태양계와 그 이상에서 무엇이든 또는 누구든지와 친선적인 접촉을 취했을 것을 희망했다. 그의 희망은 깨졌다.

　　무엇이든지 무엇일지, 이것이 어떤 포일 일지? 지금까지 연락을 취했던 감정 있는 생명체들은 별들 간 여행을 할 수 있는 능력이 있을까? 그러나 매우 원격한 가능성이 있었다: 여전히 지노를 속이기 위해 인간들이 이 모든 것을 꾸미고 있는 것은 아닐까? 주피터 스테이션의 공허한 상태를 경험한 지 며칠 후, 지노는 작게 식음할 수 있었다. 그는 아빠로부터 받은 다섯 개의 마이크로칩 중 두 개를 콘솔에 삽입했다. 그가 어떤 것을 어기려고 하는지 알고 있었다. 그는 콘솔이 드러낼 것을 내려다보지 않고, 대신 화면을 활성화하기 위해 손가락을 움직였다. 그리고 보이는 화면에는 그림 같은 우주선이 있었다. 지노는 콘솔에서 자신의 판을 제거하고 망막 스캔을 종료했다. 그는 빠르게 모든 문과 복도를 통과하여 망막 스캔에 의해 열리는 것을 찾아 우주선으로 돌아갔다. 지노의 우주선은 적절하게 반응하고 주피터의 한 달 뒤에 위치한 우주선의 최종 좌표를 입력했다.

IX

노는 "조크서"라고 불리는 별간 우주선에 도착했다. 주피터 스테이션과 비교하면 엄청난 크기였다. 그는 우주선에 탑승하고 비상 프로토콜을 활성화시키고, 중앙에서 한 개의 의자가 나타나 독자적으로 안전하게 항해하고 어쩌면 이온 무기를 몇 번 발사할 수 있도록 하기 위해 나온다. 그는 의자에 앉았지만 어지럽기 시작했다. 그는 우주의 영향을 더 크게 느끼고 있었으며, 이그나시오가 여기 있었으면 좋겠다고 생각했다. 그는 귀 옆의 통신장치를 두드려 그곳에 아직 있는지 확인하려 했다. 무언가가 들어오고 있었지만 이그나시오 같지 않았고, 암호화되어 있었다. 지노는 우주 여행과 별간 여행의 부작용을 완화하기 위해 엘릭서 알약을 삼켰다. 지노는 직시 스크린에 직접 봤고, 토성으로의 좌표를 입력했다. 주피터의 한 달 궤도를 떠나기 전에 이그나시오로부터 통신을 받았다. 이것은 시각적 이미지이었고, 언어적인 메시지가 아니었다. 지노는 또한 이그나시오가 쓸데없는 유머감각을 가지고 있다는 것을 알고 있었지만, 직시 스크린에 나타난 이미지는 지노를 혼란스럽게 했다. 그것은 우주의 어둠을 배경으로 한 한 옛날 인류용 7-Up 소다 캔이 옆으로 회전하는 그림이었다. 지노는 그게 무슨 뜻일지 고민했다. 이그나시오는 대재앙 이전의 인류 역사를 항상 좋아했다. 이 이미지는 어떤 종류의 시각적 인어 게임의 시작이었으며, 이그나시오는 완성할 시간이 없었다. 지노는 직시 스크린의 이미지를 캡처하여 토성으로의 좌표를 입력하고 더 많은 별간 여행을 준비하기로 했다. 지구 시간으로는 토성에 도착하는 데 약 한 시간이 걸릴 것이었다. 지노는 휴식을 취해야 했으므로 수면제를 복용하기로 결정했다.

지노가 깨어났을 때, 그는 자신이 토성 주위의 고리 궤도에서 떠 있는 것을 발견했다. 이것들은 인류에게서 멀리 미래로부터의 것으로, 인간들이 초기에는 그것들을 과거에는 추악하게 생각했던 것으로 아름답게 보였다. 고리들은 완벽하게 정렬되어 있었다. 지노는 중앙 데크의 의자에서 일어나고 싶어 했고 시작했지만, 눈 꼬리 부분에서 무언가가 그의 주의를 흐트렸다. 그것은 그의 뒷면 데크 주위에서 뛰어다니는 광선이었다. 지노는 언어학자나 외계 동물학자 또는 인류학자가 아니었다. 하지만 그 광선은 의사 소통하는 것처럼 보였다. 지노는 돌아본 후, 그때쯤에는 광선은 컴퓨터 콘솔 안으로 뛰어들었다. 지노는 지구에서 이러한 현상들을 눈속임이라고 불렀지만, 이번에는 광선이 콘솔과 선박 전체의 코드에 영향을 미쳤다. 그 전에 있던 인간들은 태양계의 이곳까지 스프라이트(희미한 광선)라고 불렀다.

　　지노는 배지와 통신 장치를 활성화하여 이 상호 작용을 기록하기 시작했다. 직시 스크린은 갑자기 활성화되고, 무음으로 지구의 달이 가운데 화면에 회전하는 무해한 이미지가 나타났다. 지노는 이그나시오를 생각했지만, 그렇게 생각한 순간 지구의 공포스러운 모습이 나타났다. 하늘은 어두운 재와 연기의 뾰족한 구름으로 가득 차 있었다. 일부 대륙에서는 빛나는 용암 호수가 보였고, 해안과 열대지방의 해양은 갈색으로 변했다. 이 지구의 최종 대재앙을 예상하기 위해 몇 년인지 알아보기 위해 날짜를 확인하려고 했다.

　　지노는 머리를 흔들었다. 갑자기 스프라이트 현상이 큰솔 밖으로 뛰어나와 그의 손가락을 감싸고 있었다. 찌릿거리는 감각은 그의 손가락을 항법 바에 놓으라고 시사했고, 그는 그렇게 했다. 발표된 항법 정보는 행성 우라누스로 향하는 경로였다. 지노는 왜 이런지 이해할 수 없었고, 공포스러워졌다. 그는 이그나시오와 달 기지에 남아 있는 누구와의 연락을 끊게 될 것이다. 스프라이트는 포기하지 않았다. 지노가 항법을 위한 인지적 사고와 일치시키기 위해 손가락을 스와이핑하는 것을 저항하자, 선박은 천천히 토성의 고리에서 멀어지고 갑자기 지노는 토성과 우라누스 사이의 중간 거리로 밀려나게 되었다.

X

토성과 우라누스 사이의 중간 거리에 있는 지노가 되었을 때, 조크서라 불리는 별간 우주선은 우라누스의 중력에 맞서 도는 듯했다. 스프라이트는 콘솔에서 뛰어나와 직시 스크린으로 향하고, 아마도 공허로 향했다. 지노 앞의 콘솔에 남아있는 것은 에드거 앨런 포의 시에서 인용된 문구만 남았으며, 그것은 "우리가 보거나 느끼는 모든 것이 꿈 속의 꿈인가?"라고 적혀 있었다.

지노는 자신을 다잡았다. 그의 정신은 이 메시지에 혼란스러워졌다. 아마도 그가 복용한 수면제 때문일 것이다. 태양계의 광활한 지역에서 모든 것이 꿈일 수 있다는 것을 알고 싶지 않았다. 이것이 이그나시오의 농담이나 장난이거나, 어떤 영리한 외계인이나 다른 생명체의 트릭이라고 하더라도.

갑자기 직시 스크린에서 형상이 나타났고, 지노를 마음대로 감동시킬 준비가 되어 있었다. 지노는 형태로부터 물러났지만, 그렇게 하자마자 그 형상은 황금빛으로 빛나기 시작했다. 지노는 이것이 이그나시오의 유머가 가득한 인류 역사의 지금은 쓸모 없는 메시지를 통해 처음에 무슨 일이 일어나고 있는지 이해하려 했지만, 그의 의학적 분석은 그가 환각하지 않았으며, 그 실체가 의사 소통할 수 있다고 말했다.

"안녕해,"라고 하며 깊고 단호한 목소리로 말한 인간 형상이 말했다. "내 이름은 오베론인다."

"그래서 무슨 일이야?" 지노가 물었다.

"무엇을 원하냐는 개념은 이해하지 못하는 것이야. 하지만 너 인류는 태양계 전역에서 붕괴 직전에 있고, 만약 내 종류가 충분히 빠른 시간에 도움을 주지 않으면 아마도 인간들은 멸종할지도 모른다,"라고 인간 형상 오베론이 말했다.

지노는 그의 말을 상냥하지 않고 거부감을 느끼게 했지만, 지노는 통역이 더 나은 결과를 가져다 줄 것이라고 확신했다. 지노는 초접 절차를 훈련 받았지만, 어떤 이유로 이 인간 형상은 우주인과 다른 공간 생명체가 얼마나 강력하고 위대해 보이는지에 대한 수집된 데이터와는 조금 어울리지 않는 것처럼 보였다.

"도움이 필요해?" 지노가 물었다.

"응, 필요해,"라고 오베론이 말했다. "우리 두 종이 어떤 종류의 싸움에 휘말렸다고 보인다. 행성인 지구는 위급한 위기에 처해 있으며, 내 종의 존재도 그러하다."

그 말을 마치자마자 스프라이트는 다시 우주선인 별간 우주선 조크서의 무기 시스템으로 뛰어들었다. 지노는 현상이 우주선을 더욱 더 무장시키려고 하는 것을 좋아하지 않았다. 지노는 스프라이트의 입력을 차단하려 시도했지만 실패했다.

"우리는 무장이 필요한가?" 그가 오베론에게 물었다.

"음, 응, 무장이 필요해." 오베론이 대답했다.

"하지만 왜? 이해가 안 가네. 저는 단지 지구의 지질 방어 시스템이 인간이나 인간 이외의 다른 종족에 의해 망가진 이유를 밝히고 평화의 메시지와 협력을 희망하러 미션 중이었다," 지노가 말했다.

"거의 진정한 외교관처럼 말하셨군요," 오베론이 말했다. "아마 그게 너에게 일어난 이유일지도 모르겠다. 하지만 우리는 운명과 정치에 관심 없는 종족은 아닙니다."

"그렇다면 무엇에 관심이 있나요?" 지노가 물었다.

"인간들의 관심사는 우리 종족을 거의 짜증나게 하지 않았어," 오베론이 대답했다. "그러나 이 교역을 계속 유지하기 위해 인류와 함께 할 때, 우리는 아쉽게도 얼마나 빨리 지구가 불안정해질지를 잘못 계산했지."

"그렇다면 지구의 지질 및 우주적 영향에 대한 일종의 잘못된 계산이라고 주장하는데, 남은 인류는 어떻게 해야 해?" 지노가 물었다.

오베론은 한숨을 내쉬었다. "음, 스프라이트라고 부르는 이 현상, 그 실제 이름은 퍽인다. 우리 종이 어디에서 왔는지를 돕는 종류의 생명체인다," 오베론이 대답했다. "응, 그리고 너와 우리 종 사이의 진짜 비밀, 우리는 한 전투에 휘말렸다."

"음, 전투를 원한다면, 인류는 준비가 되어 있지 않다," 지노가 말했다.

"아, 그리고 전투에 준비된 적은 없었다," 오베론이 말했다. "우리는 무기 시스템을 빨리 개발했지만, 거의 너무 늦게 지구 스테이션과 나머지 모든 스테이션을 파괴하기로 결정했다."

"무슨 말이야!?" 지노가 소리쳤다.

"우리 종의 사람들이 너에게 기대한 전형적인 반응인다, 지노," 오베론이 말했다. "하지만 여전히 나보다 훨씬 강하고 위대한 외계인과 다른 우주 생명체들을 어떻게 보여줄 수 있었을까라는 생각인다."

지노는 스프라이트인 퍽이 항법 콘솔에 무엇을 하고 있는지 살펴봤다. 그것은 태양계의 밖인 오타 구름으로의 항법 좌표를 입력하고 있었다. 지노는 그 공간으로의 인류 여행에 대한 희미한 소문만 들어봤을 뿐이었다.

XI

지노는 점차 퍽이라 불리는 생명체에게 굴복했다. 이제 그는 항법 콘솔을 가지고 있었다. 오베론이라는 생명체의 인간 형상은 여전히 우주선 조크서의 주요 데크에 남아 있었다. 그의 다음 목적지는 오타 구름으로 보였다. 그러나 조크서 우주선은 분명히 이에 대비하지 못한 상태였다. 오타 구름에 무엇이 있는 걸까? 지노가 궁금해했다. 오베론은 걱정보다는 우리가 오타 구름의 가장자리에 도달하기를 원하는 것처럼 보였다. 태양계의 이런 깊은 곳에 있어서 어떻게 지구와 스테이션을 구할 수 있을까?

처음에는 지노의 화성에서의 임무가 무서웠지만, 그는 지구에 더 많은 시간을 주기 위해 지구의 지질 방어 시스템을 다시 보정하는 것은 간단할 것으로 생각했다.

지노는 오베론을 바라보았다. 오베론은 마치 지노의 생각을 읽고 있는 것처럼 정신적인 상태에 있는 것처럼 보였다. 오베론이 윙크했다.

"응, 걱정하는 것에 대해서는 맞아요, 지노,"라고 오베론이 말했다. "우리가 여기서 뭘 하고 있는지 좋은 질문이야. 말할 필요도 없이, 우리 종, 우리 종이 걱정하는 적에게는 여기에 있어야 할 이익이 있어."

"음, 유성 구름에 무엇이 있는 걸까?" 지노가 물었다. "오베론은 그에게 관심이 없어 보이고, 오히려 우리가 유성 구름의 가장자리에 도달하기를 원하는 것처럼 보였다. 이런 깊은 태양계의 지역에 있는 것이 어떻게 지구와 스테이션을 구할 수 있는 건가?"

먼저 지노의 화성에서의 임무는 무섭지만, 그는 지구에 더 많은 시간을 주기 위해 지구의 지질 방어 시스템을 다시 보정하는 것은 간단할 것으로 생각했다.

지노는 오베론을 바라보았다. 오베론은 마치 지노의 생각을 읽고 있는 것처럼 정신적인 상태에 있는 것처럼 보였다. 오베론이 윙크했다.

"응, 걱정하는 것에 대해서는 맞아요, 지노,"라고 오베론이 말했다. "우리가 여기서 뭘 하고 있는지 좋은 질문이야. 말할 필요도 없이, 우리 종, 우리 종이 걱정하는 적에게는 여기에 있어야 할 이익이 있어."

"음, 유성 구름에 무엇이 있는 걸까?" 지노가 물었다. "오베론은 그에게 관심이 없어 보이고, 오히려 우리가 유성 구름의 가장자리에 도달하기를 원하는 것처럼 보였다. 이런 깊은 태양계의 지역에 있는 것이 어떻게 지구와 스테이션을 구할 수 있는 건가?"

먼저 지노의 화성에서의 임무는 무섭지만, 그는 지구에 더 많은 시간을 주기 위해 지구의 지질 방어 시스템을 다시 보정하는 것은 간단할 것으로 생각했다.

지노는 오베론을 바라보았다. 오베론은 마치 지노의 생각을 읽고 있는 것처럼 정신적인 상태에 있는 것처럼 보였다. 오베론이 윙크했다.

"응, 걱정하는 것에 대해서는 맞아요, 지노,"라고 오베론이 말했다. "우리가 여기서 뭘 하고 있는지 좋은 질문이야. 말할 필요도 없이, 우리 종, 우리 종이 걱정하는 적에게는 여기에 있어야 할 이익이 있어."

"음, 유성 구름에 무엇이 있는 걸까?" 지노가 물었다. "오베론은 그에게 관심이 없어 보이고, 오히려 우리가 유성 구름의 가장자리에 도달하기를 원하는 것처럼 보였다. 이런 깊은 태양계의 지역에 있는 것이 어떻게 지구와 스테이션을 구할 수 있는 건가?"

먼저 지노의 화성에서의 임무는 무섭지만, 그는 지구에 더 많은 시간을 주기 위해 지구의 지질 방어 시스템을 다시 보정하는 것은 간단할 것

오베론은 손가락을 튕겨서 스프라이트 퍽을 신속하게 자신 옆으로 데려왔다. 지노는 데크의 유일한 의자 옆에 서 있었고, 망원화 스크린을 바라보는 것처럼 망원화 스캔을 준비한 것처럼 보였다. 그러나 대신, 지노 주변의 환경이 사라졌다.

오베론과 퍽은 여전히 거기에 있었지만, 그의 주변 풍경을 보면 지노는 다른 천상의 존재의 초상 평면에 자신을 발견했다. 오베론은 다시 지노에 대해 한숨을 내쉬었다. 형상이나 친숙한 스프라이트가 지노 앞이나 옆에 형성되지 않았지만, 외국어와 같이 낯선 언어 중 하나만큼 외국인 같은 목소리가 지노의 이름을 발음하기 시작했다. 지노의 통신 장치와 청취 장치가 사라졌다.

지노의 이중성이 걸림돌이었다. 오베론은 스프라이트 퍽이 종종 인간들에 의해 경험되는 우울증과 같은 감정을 퇴치하도록 했다. 지노는 이그나시오가 여전히 살아있기를 희망하며 마지막으로 배지를 눌렀고, 비프가 울렸다. 다행히 이그나시오는 여전히 살아 있었다.

오베론은 침묵을 지키고 퍽은 여전히 가장자리가 다른 천상의 평면의 변화에 반짝이며 그대로 있었다. 지노는 천상의 평면의 변화에 계속 머물러 있었다.

"그리고 너희 셋은 무엇을 원해?"라고 물었다.

지노는 심지어 스프라이트 퍽에게 언급하고 있음에 놀랐다. 오베론은 빠르게 지휘를 맡았다. "우리는 단순한 외교관이 되려고 온 게 아니에요, 주노. 그러나 인간적인 용어로 이번에는 거래를 맺어야 할 필요가 있어. 넌 인류와 우리 종을 구할 수 있는 능력을 가지고 있어,"라고 오베론이 말했다. "인간의 지식이 나한테 무슨 일을 할 수 있는지 알고 있나요?"

주노가 물었다.

"그는 모른다,"라고 오베론이 말했다.

"내가 무슨 말을 하는지 모르겠어. 내 종이 정직하고 솔직하며 우리 종의 미래에 대한 극복할 수 없는 장애물을 제어했어,"라고 지노가 대답했다.

"하지만 나는 아직 너와 너의 종을 파괴하고 싶어해,"라고 주노가 말했다. "너의 종은 오베론과 너 사이의 이중성을 경험한 것을 증명했지만."

"인간 언어로, 그리고 너의 지능을 모독하려는 게 아니라면, 여기 있는 네 개의 존재 중 적어도 무엇을 파괴하기를 원해야 해?"라고 주노가 물었다. "그리고 유념해, 나는 철학적인 것에는 별로 관심이 없어."

"아직도 무슨 말인지 모르겠어,"라고 지노가 대답했다.

　　오베론은 지노의 쪽에서 먼 거리를 유지하고 퍽도 그대로 있었다. "더 명확하게 만들어야 할 것 같아,"라고 주노가 말했다. "나는 지쳤어. 하지만 나는 인간들을 지켜보고 있었어. 하지만 나는 거의 인간처럼 우주의 힘들다고 할 수 있는 거리에 묶여 있어. 하지만 행동을 통해 무언가를 증명했어."

　　"그럼 지구나 어떤 인간도 파괴하지 마. 우리가 가치 있는 것으로 입증했다면, 그리고 나는—" 지노가 말했다.

　　"아, 가까이 다가온 게 누구를 깨웠나, 인간,"이라고 주노가 말했다. "기억해, 모든 것은 꿈 속의 꿈일 뿐이야."

　　"응, 기억해,"라고 지노가 말했다.

　　"음, 나의 친구 중 한 명을 지친 후 마지막 친구 중 한 명을 언급하고 있어,"라고 주노가 말했다.

　　"그들이 맞았어,"라고 주노가 사라지는 목소리로 말했고, 그런 다음 갑자기 지노는 발광하는 빛나는 빔을 맞고 조크서, 우주선의 데크 위에 착륙했다.

XII

지노는 달 기지에서 이그나시오와 함께 깨어났다.

"저, 무슨 일이 일어났어?" 이그나시오가 물었다. "지구의 자기핵이 불안정해지고 있어."

지노는 주변을 둘러보았다. 여전히 그의 모든 뱃지와 장치가 남아 있었다. 그의 몸에서 삐걱거리는 소리가 들렸고, 그는 아빠로부터 받은 마이크로칩을 슈트 안에서 찾기 시작했다. 지노는 두통이 심하게 머리를 아프게 했다.

"여기, 이 마이크로칩을 가져," 지노가 말했다. "그냥 가져와서 전세계 방어 시스템과 컴퓨터에 입력해."

"달 기지에 남아 있는 인간들이 몇 명 남아 있는지 확실해?" 이그나시오가 물었다. "맞아. 그냥 해," 지노가 대답했다.

지노와 이그나시오는 지질학을 위한 행성 방어에 막 들어간 것이었지만, 이그나시오는 지노의 명령을 따랐다. 갑자기 지구의 지질 안정 경보 시스템이 2단계로 전환되었다. 그러나 이미 지구의 기후와 지질에 피해가 가해졌다. 대피 작업은 계획대로 진행되고 있었다.

"너는 수많은 생명을 구했어," 이그나시오가 말했다. "어떻게 그런 걸 했어?" "고마워, 하지만 괜찮아," 지노가 그 이야기를 반복하지 않기로 했다. "네가 어떻게 여기에 왔는지 알아?" 이그나시오가 물었다.

지노는 미소 지었다. 나는 이곳에 오게 된 것은 동화 속에서만 가능해. "지구에서 어떤 일이 벌어지고 있어?" 지노가 물었다.

"지구의 지질과 기후는 아직 불안정해!" 이그나시오가 다른 콘솔로 이동하며 외쳤다.

지노는 메스꺼워하는 듯한 느낌이 들었다. 그는 바닥에서 일어나 달 기지 내의 가장 가까운 개인 실로 향했다. 싱크대 위에서 얼굴에 물을 튀기고 땀에 젖은 목 뒤를 수건으로 톡톡 쳐서 말려줬다. 얼굴을 마무리하고 나서, 지노는 마지막 마이크로칩을 찾아 슈트 주위를 더듬었다.

"뭐 하나 잊은 거 아니냐?" 라는 목소리가 거의 알아보지 못할 정도로 나왔다. 지노는 돌아본 후 오베론과 스프라이트 퍽을 보았다.

오베론은 지노의 팔을 붙들고 손을 열었다. 그 속에는 지구의 미래와 인류의 미래를 결정짓는 열쇠가 있었다. "하지만 이게 뭐야?" 지노가 물었다. "나는 친구를 만나서 기뻐,"라고 오베론이 말했다. "자, 이것을 이그나시오에게 주러 서둘러야 해." 지노가 말했다.

지노는 모든 복도를 달려 도착해 이그나시오와 일부 시민, 그리고 한 명의 카데트를 만났다. 누가 그를 이해할까? 이미 늦은 건 아닐까? "여기," 지노가 이그나시오에게 말했다. "이 도면을 입력해서 지구를 구해. 이건 그냥 다른 어떤 마이크로칩이 아니에요."

카데트는 지친 듯한 눈으로 그를 바라봤다. 시민은 대피와는 관련이 없다는 것을 알고 빠르게 방을 나갔다. 이그나시오는 그 마이크로칩을 잡았다.

"그래, 이걸로 지구를 구할 수 있을까?" 이그나시오가 물었다. "그럭저럭," 지노가 재치있게 말했다.

이그나시오는 입력하자, 그리고 어떤 구 형태의 도면이 나타났다 - 지질학 방어가 2350년대에 다스릴 수 있었던 것과 유사한 기술도 있었지만, 이 마이크로칩은 지구를 구하는 도면 이상의 것을 보여 주었다.

이그나시오는 환희에 빠졌다. "이건 지구와 화성을 포함한 최고의 지질 방어 그리드를 덮어씌울 능력을 가지고 있어," 그가 말했다. 행성 방어 지질 그리드는 이제 지구에 영향을 주는 지질력을 억누르고 변화시키기에 충분한 전력을 가지고 있었다.

지노는 지구로 돌아가기 위해 도크 베이 지역으로 갔다. 그는 이 공간 여행과 인류를 구하는 일에 질렸다. 페리 베이 도크에서, 지노는 쿵 하는 소리를 들었다. 이그나시오가 거기 있었다. "지노, 뭐 하나 잊은 것 같아. 나는 뭔지는 모르겠지만, 나를 놀라게 하는 몇 세기 물건 중 하나야," 그가 말했다.

지노는 그의 손에서 물건을 가져와 고갱이를 끊었다. 그 안에는 "우리가 보거나 느끼는 모든 게 꿈 속의 꿈인가?"라는 중국 손님용 포춘 쿠키가 들어 있었다.